台文版

作者 / 江寬慈

　　國立臺北藝術大學舞蹈學系 kah 國立新竹教育大學音樂學系雙碩士。專長是將舞蹈律動元素融合佇音樂教育中。king-ûn 兒童音樂 kah 律動教學二十年，替學齡前囡仔寫過真濟童謠歌曲 kah 教材，一直希望會當替囡仔設計會當唱、會當跳、閣 ē-tàng 互動 ê 臺語兒歌，希望阮設計 ê 歌曲會使老少 lóng 佮意。

圖 / 蘇夢豪

　　輔大應用美術系畢業，目前是一位軟體系統工程師。佮意 kòo-su 話語 tshah-uē，畫圖過程中感受內容 tsîng-kíng，ū-sî 畫風大膽、ū-sî 畫法 iù-jī、ū-sî 加添 sim-sik 元素。佮意予小朋友對 tshah-uē 中發現 kiann-hí，mā ē-tàng 佇繪本中 óo-ku̍t 屬自己 ê 故事。

華文版

作者 / 江寬慈

　　國立臺北藝術大學舞蹈學系及國立新竹教育大學音樂學系雙碩士。專長為將舞蹈律動元素融入音樂教育中。耕耘兒童音樂與律動教學二十年，為學齡前幼兒寫過許多童謠歌曲及教材，一直希望能夠為孩子們設計可以唱、可以跳及可以互動的臺語兒歌，希望我們設計的歌曲能夠老少咸宜。

圖 / 蘇夢豪

　　輔大應用美術系畢業，目前為軟體系統工程師。喜歡構思話語插畫，畫畫過程中感受內容情境，時而大膽筆觸，時而細膩刻劃，時而加添有趣元素。喜歡讓小朋友從畫中發現驚奇，或許也能夠在畫中挖掘出屬於自己的故事喔。

山谷內的跤球囡仔

發行人｜小水滴創藝樂團
作者｜江寬慈　繪者｜蘇夢豪　美術設計｜貝苗
故事原作｜Joshua Jung　故事改編｜江寬慈、張恬寧、王筠涵、林宜炫
臺文／臺羅拼音｜李雅惠　臺文顧問｜陳豐惠、顏秀珊
審查｜李江却台語文教基金會 陳豐惠　詞曲｜蘇淑華、江寬慈、陳素早、林宜炫
足球顧問｜王聖博、李定隆、張恬寧
出版｜小水滴創藝樂團　地址｜新北市板橋區府中路 18-2 號 2 樓
網址｜ https://waterdroplet.mystrikingly.com/
2022 年 12 月發行　ISBN｜ 978-626-96270-2-8　定價｜新台幣 350 元

Youtube頻道

山谷內的跤球囡仔

文 / 江寬慈　圖 / 蘇夢豪

小水滴 創藝樂團

佇一个遙遠的山谷，干焦有幾戶人家蹛佇遮。

Tī tsit ê iâu-uán ê suann-kok, kan-na ū kuí hōo jîn-ke tuà tī tsia.
在一個遙遠的山谷，那裡只住著幾戶人家。

阿明是一个單純閣善良的囡仔。
毋過伊進前著嚴重的肺炎，逐工只好倒佇眠床歇睏。

A-bîng sī tsit ê tan-sûn koh siān-liông ê gín-á. M̄-koh i tsìn-tsîng tiòh giâm-tiōng ê hì-iām, ta̍k-kang tsí-hó tó tī bîn-tshn̂g hioh-khùn.

阿明是個單純又善良的孩子。但是他生了一場嚴重的肺病，每天只能躺在床上休息。

阿明慢慢仔恢復，
伊逐工看窗仔外口當咧迌迌的花膨鼠。

A-bîng bān-bān-á khue-ho̍k, i ta̍k-kang khuànn thang-á guā-kháu tng-teh tshit-thô ê hue-phòng-tshí.
"Tsin siūnn-beh kap hue-phòng-tshí kāng-khuán, ē-tàng tōng-tsok tsin-kín koh liú-lia̍h teh peh-kuân-peh-kē--ooh!"

「真想欲佮花膨鼠仝款，會當動作真緊
閣扭掠咧 peh 懸 peh 低喔！」

阿明逐健康復，他看著窗外正在玩耍的花栗鼠：「好想跟花栗鼠一樣，可以動作迅速又敏捷地上爬下喔！」

咱來做體操

雞公咯咯咯，喊日頭出來囉。
雞公咯咯咯，做體操真快樂。
一的攑手，二的放落，
三的插胳，
四的跕落去，五的徛起來，
六的看面頂，七的看塗跤，
八的正手向倒爿，
九的倒手向正爿，
十的跳起來，嘿！
十項運動閣一擺，
運動身體好，運動身體好。

透早，阿明趕緊欲去外口走走咧。
那慢慢仔走，那享受早起時仔的空氣！

Thàu-tsá, A-bîng kuánn-kín beh khì guā-kháu tsáu-tsáu--leh. Ná bān-bān-á tsáu, ná hiáng-siū tsá-khí-sî-á ê khong-khì!

一大清早，阿明迫不及待地出去跑步。一邊慢跑，一邊享受著早晨的空氣！

天氣真好，阿明焄狗仔做伙去 peh 山。

Thinn-khì tsin hó, A-bîng tshuā káu-á tsò-hué khì peh-suann.

天氣眞好，阿明帶著愛犬一起去爬山。

「哪會有人佇遮咧練球？」

"Ná ē ū lâng tī tsia leh liān-kiû?"
「怎麼會有人在這裡練球啊？」

阿明逐工 peh 山，
第二工、第三工、第四工、第五工，
伊攏拄著這个踢球的查埔囡仔。

A-bîng ta̍k-kang peh-suann, tē-jī kang、tē-sann kang、tē-sì kang、tē-gōo kang, i lóng tú-tio̍h tsit ê that kiû ê tsa-poo-gín-á.

阿明每天爬山，第二天、第三天、第四天、第五天，他都遇到這位踢球的男孩。

黃酸雨來矣，雨對透早落到暗暝。查埔囡仔猶原一直咧練跤球。
阿明攑雨傘，看查埔囡仔真熟練用雙跤共球揀進前，
身軀佮手骨配合、優雅運球的模樣，阿明看甲戇神戇神。
個自頭到尾無講過一句話。

N̂g-sng-hōo lâi--ah, hōo tuì thàu-tsá lóh-kàu àm-mê. Tsa-poo-gín-á iu-guân it-tit leh liān kha-kiû. A-bîng giáh hōo-suànn,
khuànn tsa-poo-gín-á tsin sik-liān īng siang-kha kā kiû sak tsìn-tsîng, sin-khu kap tshiú-kut phuè-háp、iu-ngá ūn-kiû ê bôo-iūnn,
A bîng khuànn kah gōng-sîn gōng-sîn. In tsū-thâu kàu-bué bô kóng kuè tsit kù uē.

落雨聲

落雨聲，真好聽，
一滴一滴，親像石頭仔囝。
叮 叮 咚 咚
叮叮叮 咚咚咚
叮叮咚咚 叮叮咚咚
真好聽。

梅雨季來了，雨從早下到晚。男孩仍然默默專注地練球。
阿明撐著傘，看著男孩靈活自如地運用雙腳將球推進，身體與雙臂優雅地左右擺動運球的模樣，看到入神。他們始終沒有說過一句話。

一下無細膩，
球輾到阿明的跤邊。

個兩人相對看，
兩个攏愣去！

Tsit-ē bô-sè-jī, kiû liàn kàu A-bîng ê kha-pinn. In nn̄g lâng sio-tuì-khuànn, nn̄g ê lóng gāng--khì!

一不小心，球滾到阿明的腳邊。他們對望，倆個人都愣住了！

阿明慢慢仔共球抾起來。

「你⋯你⋯你好，我叫阿明。」　　　　　「你好，我叫阿成。」

「你真勢呢！拜託你教我踢球，好無？」

盤球
Puânn-kiû

大腿挑球
Tuā-thuí thio-kiû

跤盤挑球
Kha-puânn thio-kiû

射門
Siā-mng

有一工，阿成的正跤著傷矣，暫時無法度閣踢球。
只好坐佇邊仔看阿明練球。

Ū tsit kang, A-sîng ê tsiànn-kha tiȯh-siong--ah, tsiām-sî bô-huat-tōo koh that kiû. Tsí-hó tsē tī pinn--á khuànn A-bîng liān kiû.

有一天，阿成的右腳受傷了，暫時無法再踢球。只好坐在一旁看著阿明練球。

跤盤挑球 100 遍、大腿挑球 100 遍、盤球 50 逝…
阿明逐工練習甲流汗流洘。

練習歌

你若是欲成功，
毋管困難，攏來試看覓。
若是猶袂曉，逐工練！
若是猶未熟，閣再練！
有心拍鐵，鐵成針。
工夫若練到厝，欲用就有。

Kha-puânn thio-kiû tsit-pah piàn、tuā-thuí thio-kiû tsit-pah piàn、puânn-kiû gōo-tsàp tsuā….
A-bîng tàk-kang liān-sip kah lâu-kuānn-lâu-khó.

腳背挑球 100 下、大腿挑球 100 下、盤球 50 趟…。阿明每天練習到汗流浹背。

這工，阿成總算是會當共跤頂的石膏剝落來矣！
毋過醫生交代，六個月以內正跤攏袂當出力。
跤球比賽愈來愈倚矣，無法度練球的阿成，煩惱甲佇遐咧吼：

「到底著愛按怎做咧？
　我真想欲做一个一粒一的跤球選手，
　我無想欲放棄比賽⋯」

阿明毋知影欲按怎安慰傷心的阿成。

Tsit kang, A-sîng tsóng-sǹg sī ē-tàng kā kha tíng ê tsióh-ko pak--lóh-lâi--ah! M̄-koh i-sing kau-tài, lȧk kò-guéh í-lāi tsiànn-kha lóng bē-tàng tshut-lȧt. Kha-kiû pí-sài jú-lâi-jú uá--ah, bô-huat-tōo liān kiû ê A-sîng, huân-ló kah tī hia leh háu: "Tàu-té tióh-ài án-tsuánn tsò-- leh ? Guá tsin siūnn-beh tsò tsit ê it-liáp-it ê kha-kiû suán-tshiú, guá bô siūnn-beh hòng-khì pí-sài …" A-bîng m̄ tsai-iánn beh án-tsuánn an-uì siong-sim ê A-sîng.

這天，阿成終於可以拿掉腳上的石膏了！但是醫師叮嚀，六個月內右腳都不能出力。眼看足球賽即將到來，無法練球的阿成，著急地哭泣：「怎麼辦呢？我好想當一個厲害的足球選手，我不想放棄比賽⋯」阿明不知該如何安慰傷心的阿成。

「我想著一个好辦法！
袂當用正跤，若按呢咱就來練倒跤！
我陪你用倒跤練球！」

"Guá siūnn-tio̍h tsi̍t ê hó pān-huat! Bē-tàng iōng tsiànn-kha,
nā án-ne lán tō lâi liān tò-kha! Guá puê lí iōng tò-kha liān kiû! "

「我想到一個好辦法！不能用右腳，那就來練左腳吧！我陪你用左腳練球！」

阿明逐工攏愛鬥作田，若有閒就傱去練球。
小弟小妹佮厝邊的囡仔兄囡仔姊，嘛攏綴咧做伙練習。
想袂到跤球遮爾仔趣味！

A-bîng ta̍k-kang lóng ài tàu tsoh-tshân, nā ū-îng tō tsông khì liān kiû. Sió-tī sió-muē kah tshù-pinn ê gín-á-hiann gín-á-tsí, mā lóng tuè leh tsò-hué liān-si̍p. Siūnn-bē-kàu kha-kiû tsiah-nī-á tshù-bī!

阿明每天忙著幫忙家裡耕田，一有空就衝去練球。弟弟妹妹們，鄰居小朋友們，也跟著一起練習。想不到足球這麼有趣！

個行到佗位，就練到佗位。

In kiânn-kàu tó-uī, tō liān kàu tó-uī.

他們走到哪裡，練到哪裡。

阿成恬恬看囡仔踢球，想著家己較早咧踢跤球嘛是遮爾仔快樂。
「自做選手以來，已經真久無這種感覺矣。」

A-sîng tiām-tiām khuànn gín-á that kiû, siūnn-tio̍h ka-kī khah-tsá teh that kha-kiû mā sī tsiah-nī-á khuài-lo̍k.
"Tsū tsò suán-tshiú í-lâi, í-king tsin kú bô tsit tsióng kám-kak--ah."

阿成靜靜地看著孩子們踢球，想到以前的自己，踢球也是這麼開心。「自從當了選手後，已經很久沒有這種感覺了。」

庄仔內的囝仔，做伙咧比三對三跤球賽。
阿明真驚小弟小妹會踢甲著傷，總是會共草埔頂的石頭仔抾予離。

踢跤球真趣味

跤球，跤球，真趣味！
愛用跤，袂當磕著手。
一看，二接，三傳球。
咱互相配合是足鬥搭。
踢正ㄐ，踢倒ㄐ，
踢予你，踢予我！
啦啦啦啦啦啦啦
草埔頂，來比賽！
踢跤球真快樂！

Tsng-á-lāi ê gín-á, tsò-hué leh pí sann-tuì-sann kha-kiû sài. A-bîng tsin kiann sió-tī sió-muē ē that kah tióh-siong, tsóng--sī ē kā tsháu-poo tíng ê tsióh-thâu-á khioh hōo lī.

村裡的孩子們，比起了三對三足球賽。阿明怕弟弟妹妹們受傷，總是將草地上的石頭撿到場外。

日子聊聊仔過去…

Ji̍t-tsí liâu-liâu-á kuè--khì…

日子慢慢地過去…

阿成的正跤沓沓仔恢復矣。
伊這馬毋但真勢用正跤踢球，
連倒跤踢球嘛真猛掠。

A-sîng ê tsiànn-kha tàuh-tàuh-á khue-hòk--ah. I tsit-má m̄-nā tsin gâu iōng tsiànn-kha that kiû, liân tò-kha that kiû mā tsin mé-liàh.

阿成的右腳逐漸恢復了。他現在能左右開弓，靈活自如地運用雙腳踢球。

伊自天光練到半暝。

I tsū thinn-kng liān kàu puànn-mê.

他從日出練到了深夜。

明仔載阿成就欲出發去參加比賽矣。
個恬恬仔看月光下的山谷。

Bîn-á-tsài A-sîng tō beh tshut-huat khì tsham-ka pí-sài--ah. In tiām-tiām-á khuànn gueh-kng-hā ê suann-kok.
"Tsia ū-iánn sī kî-miāu ê suann-kok! Tī tsia that kiû sī guá siōng-kài khuài-lȯk ê jit-tsí. Kám-siā lí kā guá thâu-khí-sing ài that-kha-kiû ê jiȧt-tsîng koh tshuē tó tńg--lâi! Guá ē kā tsit hūn jiȧt-tsîng khǹg tī sim-lāi, tsah khì pí-sài! "

「遮有影是奇妙的山谷！
　佇遮踢球是我上蓋快樂的日子。
　感謝你共我頭起先愛踢跤球的熱情
　閣揣倒轉來！我會共這份熱情
　囥佇心內，紮去比賽！」

明天阿成就要出發去參加比賽了。他們靜靜地看著月光下的山谷。「這真是個奇妙的山谷！在這裡踢球是我最快樂的時光。
謝謝你讓我找回最初喜歡上足球的熱情！我會帶著這份熱情，更有力量地去比賽！」

咱來做體操
Lán lâi tsò thé-tshau

雞公 咯咯咯，喊日頭出來囉！ 雞公 咯咯咯，做體操真快樂！
Ke-kang kók-kók-kók, hiàm jit-thâu tshut-lâi--looh ! Ke-kang kók-kók-kók, tsò thé-tshau tsin khuài-lók !

準備開始矣！一的攑手， 二的放落， 三的插腳， 四的跍落去， 五的徛起來，
Tsún-pī khai-sí--ah ! It--ê giáh-tshiú, Jī--ê pàng-lóh, Sann--ê tshah-koh, Sì--ê khû-lòh-khi, Gōo--ê khiā--khí-lâi,

六的看面頂， 七的看塗跤， 八的正手向倒爿，九的倒手向正爿，十的跳起來，嘿!
Lák--ê khuànn bīn-tíng, Tshit--ê khuànn thôo-kha, Peh--ê tsiànn-tshiú hiòng tò-pîng, Káu--ê tò-tshiú hiòng tsiànn-pîng, Tsáp--ê thiàu--khí-lâi, heh !

十項運動閣一擺， 運動身體好， 運動身體好。
Tsáp hāng ūn-tōng koh tsit pái, ūn-tōng sin-thé hó, ūn-tōng sin-thé hó.

落雨聲
Lóh-hōo siann

落雨聲， 真好聽。 一滴一滴 親像石頭仔囝 。
Lóh-hōo siann, tsin hó-thiann. Tsit tih tsit tih, tshin-tshiūnn tsióh-thâu-á-kiánn.

叮 叮 咚 咚 叮 叮 叮 咚 咚 咚
Ting Ting Tong Tong Ting Ting Ting Tong Tong Tong

叮 叮 咚 咚 叮 叮 咚 咚 真 好 聽 ！
Ting Ting Tong Tong Ting Ting Tong Tong Tsin hó-thiann !

練習歌
Liān-si̍p kua

你 若是　　　欲 成功，　母 管 困難，　攏 來 試看覓。
Lí　nā-sī　　beh sìng-kong,　m̄-kuán khùn-lân,　lóng lâi tshì-khuànn-māi.

若是 猶袂 曉，　逐 工 練！　若是 猶未 熟，　閣 再 練！
Nā-sī iáu bē-hiáu,　ta̍k-kang liàn !　Nā-sī iáu-buē sik,　koh-tsài liàn !

　　　　　　　　閣 再 練 ！　　　　　　閣 再 練 ！
　　　　　　　　Koh-tsài liàn !　　　　Koh-tsài liàn !

有 心 拍 鐵，　鐵 成 針。　功 夫 若 練 到 屑，　　欲 用 就 有 。
Ū-sim phah-thih,　thih tsiânn tsiam.　Kang-hu nā liān kàu tshù,　beh īng tō ū.

踢跤球真趣味
That kha-kiû tsin tshù-bī

跤球‧跤球 真 趣味！愛 用 跤，袂 當 磕 到 手 。
Kha-kiû,　kha-kiû,　tsin tshù-bī !　Ài īng kha, bē-tàng khap-tio̍h tshiú.

一 看，二 接，三 傳 球。咱 互 相 配 合 是 足 鬥 搭。踢
It khuànn,　jī tsiap,　sann thuân-kiû.　Lán hōo-siong phuè-ha̍p sī tsiok tàu-tah.　That

正 爿，踢 倒 爿，踢 予 你，踢 予 我 ！啦
tsiànn-pîng,　that tò-pîng,　that hōo--lí,　that hōo--guá!　Lah

啦 啦 啦 啦 啦 啦 草 埔 頂，　　來 比
lah lah lah lah lah lah !　Tsháu-poo tíng,　lâi pí-

賽 ！踢 跤 球 真 快 樂 ！
sài !　That kha-kiû tsin khuài-lo̍k!

跤球小知識

（台文版）　　文／張恬寧

1. 三對三跤球賽：
這毋是國際正規的跤球比賽方式，是球員人數無夠的時，為著欲推廣跤球運動才有的小型比賽。伊無制式的踢球規定，干焦要求袂當用手磕著球等等的基本原則，比賽當中嘛袂有守門員來擋球，會當予小朋友歡喜來踢球。

2. 跤球運動的特色：
當中有幾項較大的特色，分別有團隊性、對抗性、多元性佮易行性等等，正式的跤球比賽是要求每一隊愛有 11 个人上場，分做箭頭、中場佮後衛三个部份。每一个人上蓋重要的是家己負責的位置愛徛予正確，是一个非常強調團隊合作的運動。
若毋是正規比賽，只要有一个長株形而且塗跤平整的場所，毋免去受著場所佮天氣的環境限制，跤球比賽就會當隨時進行，連椅仔、塑膠矸仔等身邊會當揣著的物件，都會使當做球門來使用。

3. 跤盤挑球：
挑球是跤球的基本動作之一，跤盤挑球，是用跤盤去硈球將球彈起來，需要控制力道和角度，硈的球的彼一面愛向頂頭，嘛愛予腳盤半半，去硈著跤球正中央的球心，跤指頭袂當向頂頭勾，按呢才會使成功挑球真濟下。

4. 大腿停球：
使用大腿擇起來的動作來接球，予球佇大腿頂面沓沓仔行，順紲予球停落來，愛注意大腿上好擇起來到佮地面平行（抑是接近）的懸度，會當較簡單就予平衡，愛將球停佇上適合家己後一个動作的位置，毋管下一个動作是射門也是傳球。

5. 盤球／運球／帶球：
予球綴咧去你想欲予球去的所在，透過跤尾、跤盤、跤內沿等進行球的變換方向佮速度控制，分做直線帶球、曲線帶球、變換方向帶球等各種方式，包含帶球過人嘛屬這部份，是真重要的控球技巧。

6. 射門：
跤球運動佇起跤射門的時，所謂的接載跤和跤球之間的位置愛足妥當，正跤起跤的時陣，愛保持身體的重心和平衡，跤佮球面接觸的一面嘛會影響著射門的結果。射門是真濟無仝款的姿勢和動作的結合，包含停球射門、急走射門、轉向射門等濟濟種類，這嘛是跤球運動上主要提分方式的動作。

足球小知識

（華文版）　文／張恬寧

1. 三對三足球賽：

這不是國際正規的足球比賽方式，但在球員人數不夠時，為了推廣足球而有的小型比賽。沒有制式的硬性規定，只要求不用手碰球等基本原則，比賽也沒有守門員，可以讓小朋友快樂踢球。

2. 足球運動的特色：

足球運動的幾大特色是團隊性、對抗性、多元性、易行性等，正式足球賽要求每隊要有 11 人上場，分為前鋒、中場、後衛等，站對自己的位置很重要，是個非常強調團隊合作的運動。如果不在正規比賽中，街頭巷尾，只要有長方形且平整的場地，不受到場地跟天氣等環境限制，都可以進行，連椅子、寶特瓶等身邊物品，都可以當作是球門喔！

3. 腳背挑球：

挑球是足球的基本動作之一，腳背挑球，是用腳背將球彈起，需要控制力道跟角度，擊球面要朝上，把腳背壓平，擊中足球正中的球心，腳趾不能往上勾，才能成功地挑球多下。

4. 大腿停球：

利用大腿抬起來的動作，進行接球，讓球在大腿平面上緩衝並將球停下，注意大腿最好抬起來到與地面平行（或接近）的高度，較易取得平衡，要把球停在最適合自己下個動作的位置，不管下個動作是射門還是傳球等。

5. 盤球／運球／帶球：

讓球跟著你想要球前進的方向去移動，透過腳尖、腳背、腳內側等進行球的變換方向及速度控制，分為直線帶球、曲線帶球、變換方向帶球等各種方式，包含帶球過人也屬於這個部分，是在控球技巧中很重要的一環。

6. 射門：

足球運動在起腳射門時，所謂的支撐腳跟足球之間的位置要很恰當，單腳起腳時，要保持身體的重心及平衡，腳跟球面接觸面的位置也會影響射門結果。射門是不同姿勢跟動作的結合，包含停球射門、急跑射門、轉向射門等許多種類，這也是足球運動最主要得分方式的動作。

後記 台文版

繪本背后的故事因由

對《花膨鼠山谷》出版了後，這擺的內容是對阿明親身說明的故事來改編。這幾年新冠肺炎對地球村產生真大的衝擊，全球進入後疫情時代，2022 年拄好遇著四年一擺的世界盃跤球比賽。

咱對著著肺炎了後，發現運動會對身體健康真好，用踢跤球來做題材，延續阿明愛環境、愛性命佮照顧性命的本質。山谷內的動物是阿明的好朋友，佃嘛做伙陪伴跤著傷的阿成來做復健，當一大陣囡仔人佇草埔仔頂踢球的時陣，阿明驚大家跤去踢著石頭仔著傷，斟酌共草埔仔頂面的石頭仔攏抾予離，予規个山谷成做快樂的踢跤球的山谷。

藏佇尪仔圖內底想欲予到的秘密

佇繪本內底，除了予囡仔綴故事同齊行入故事內底，看尪仔圖的時，嘛會使予人想出閣較濟趣味的故事。譬喻：尪仔圖內底的人攏無畫出佃的面，按呢生來表現出專心致意佮無予邊仔的代誌攪擾的模樣，佇兩个人相相的時陣免講話嘛會使了解對方的心意。

阿明逐工 peh 山的時陣攏會遇著阿成，開始對踢跤球痴迷，希望予人注意佮煞心，衫仔褲對登山裝備換到運動服。對故事內底主角心情的變化，邊仔動物的表情佮動作嘛會綴咧做伙改變；佇阿成傷心鬱卒的日子，毛毛仔雨的烏陰天，天頂的微微仔光表達出天公伯仔佮阿明對阿成的安慰。

對《花膨鼠山谷》內底就一直出現的杜猴，是阿明心內上大的倚靠。花膨鼠代表一直陪伴的人，總是佇遐支持主角嘛融入劇情；攑旗棍仔的牛屎龜、綴佇邊仔的「哈士奇」、鴟鴞、抾箸仔 ...，畫家佇尪仔圖藏真濟巧思佮秘密，恬恬仔等待逐家來創造家己的故事。

毋通袂記得當初的理想

佇故事當中，拄開始真興練習學踢跤球的阿明，佮家己一个人拍拚準備比賽的阿成敢若兩款人。

佃面對練習，攏帶專心、一擺閣一擺佮堅持到底的精神，毋過頭起先的熱情定定因為面對成功的目標以及輸贏的壓力的時攏總共放袂記得。

透過故事佮輕鬆的歌曲，阮想欲傳達的是學習任何代誌的時陣，彼款練習佮熱情的重要性。嘛會當鼓勵囡仔，愛家己骨力、拍拚，才會當予家己成做一个偉大的作品，人生才會飄撇閣有價值。

世界杯風潮下來談心理素質

堅強的心理素質，會當成做一个削削叫的選手，嘛是予想欲栽培囡仔的家長常常失覺察的重點。球員除了佇運動場頂面的團隊合作，嘛真需要家己主動計畫佮訓練。

這本冊除了想欲傳達堅持到底的專心佮精神以外，希望透過阿成跤傷的轉變，予阿成佇這段時間思考伊家己心內的聲音，佇家己孤單一个人的時陣來面對自我，聽著家己心內的聲音。佇這段無法度好好仔練球的時間，顛倒予阿成學會曉面對撞突佮失敗，學會曉用心來踢跤球，當伊正跤復原了後，無疑悟煞雙跤攏總會曉踢跤球，成做一个提昇家己層次的選手。

繪本背后的故事緣起

　　繼《花膨鼠山谷》之後，本書內容，是從阿明口述的許多小故事改編。這幾年新冠肺炎對地球村產生了很大的衝擊，全球進入了後疫情時代，2022 年適逢四年一度足球世界盃的盛典。我們從肺病後運動身體好的動機出發，藉由踢足球的題材，延續阿明愛環境、愛生命及照顧生命的特質。山谷裡的動物是阿明的好朋友，他陪伴著腳傷的阿成復健，當孩子們在草地上踢球時，因為怕大家受傷而細心地移開場上的小石頭，讓整個山谷成為快樂的踢球山谷。

藏在繪畫裏的彩蛋

　　在繪本裡，讓小朋友們除了跟隨主軸故事一起暢遊外，透過畫面，也可以另行想像一些有趣的故事。例如：藉由畫中人物的臉沒有畫出五官來表現專注而不被身旁人事物干擾的模樣，在眼神交會時一切盡在不言中的意境。阿明每天爬山都遇到阿成，開始對足球著迷，於是渴望被注意，服裝從登山裝備到運動服。隨著故事人物心情的轉換，旁邊的動物們表情動作也會隨著一起轉換氣氛；在阿成沮喪的日子裡，陰雨中透著微光表達來自上天及阿明的安慰。從《花膨鼠山谷》就一直出現的蟋蟀，是阿明心靈最大的依靠。花栗鼠是跟隨的人們，總是在支持主角並融入劇情；跑龍套的糞金龜、隨侍在側的哈士奇、老鷹、八色鳥…，畫家埋藏了許多巧思及彩蛋在畫中，靜靜地等待大家來創造自己的故事。

莫忘初衷

　　在故事中，初學足球興致勃勃練習的阿明，與獨自苦練準備比賽的阿成形成對比。他們面對練習，都帶著專注、反覆及堅持到底的精神，然而起初的熱情很容易因為在面對成功的目標及勝負的壓力時淡忘。透過故事與輕快的歌曲，我們想傳遞在學習任何事物時，那份練習及熱情的重要性。也鼓勵孩子們，努力造就自己，才能讓自己成為傑作品，度過帥氣又有價值的人生。

世界杯風潮下來談心理素質

　　強大的心理素質，造就一個頂尖的選手，卻也是想栽培孩子的家長們往往忽略的重點。球員除了球場上的團隊合作，也很需要自主訓練。本書除了想傳達堅持到底的專注及精神力之外，藉由阿成腳傷的轉折，阿成在這段時間思考內在的力量，透過獨處來面對自我，聆聽自己心裡的聲音。在這段無法好好練球的期間，反而讓阿成學會面對挫折與失敗，學會用內心踢球，當右腳復原後，反而成為左右開弓，更加提昇層次的選手。